Todo tipo de amigos

Mis amigos son sordos

por Kirsten Chang

Bullfrog en español

Ideas para padres y maestros

Bullfrog Books permite a los niños practicar la lectura de texto informativos desde el nivel principiante. Las repeticiones, palabras conocidas y descripciones en las imágenes ayudan a los lectores principiantes.

Antes de leer
- Hablen acerca de las fotografías. ¿Qué representan para ellos?
- Consulten juntos el glosario de fotografías. Lean las palabras y hablen de ellas.

Durante la lectura
- Hojeen el libro y observen las fotografías. Deje que el niño haga preguntas. Muestre las descripciones en las imágenes.
- Léale el libro al niño o deje que él o ella lo lea independientemente.

Después de leer
- Anime al niño para que piense más. Pregúntele: ¿Conoces a alguien que sea sordo? ¿Cómo le demuestras tu amistad a esa persona?

Bullfrog Books are published by Jump!
5357 Penn Avenue South
Minneapolis, MN 55419
www.jumplibrary.com

Copyright © 2020 Jump! International copyright reserved in all countries. No part of this book may be reproduced in any form without written permission from the publisher.

Library of Congress Cataloging-in-Publication Data is available at www.loc.gov or upon request from the publisher.

ISBN: 978-1-64527-006-5 (hardcover)
ISBN: 978-1-64527-007-2 (paperback)
ISBN: 978-1-64527-008-9 (ebook)

Editor: Susanne Bushman
Designer: Molly Ballanger
Translator: Annette Granat

Photo Credits: Tad Saddoris, cover, 8–9; Littlekidmoment/Shutterstock, 1, 22; ANURAK PONGPATIMET/Shutterstock, 3; adriaticfoto/Shutterstock, 4, 5, 6–7, 23tr; Pixel-Shot/Shutterstock, 10; guteksk7/Shutterstock, 11 (television), 23bl; Francois van Heerden/Shutterstock, 11 (screen), 23tl; CREATISTA/iStock, 12–13; wavebreakmedia/Shutterstock, 14–15; FatCamera/iStock, 16–17, 23br; imtmphoto/Shutterstock, 18, 19; BRIAN MITCHELL/Getty, 20–21; Eivaisla/Shutterstock, 23tl; ktaylorg/iStock, 24.

Printed in the United States of America at Corporate Graphics in North Mankato, Minnesota.

Tabla de contenido

Amigos que hablan por señas	4
¡Aprende a hablar con señas!	22
Glosario de las fotografías	23
Índice	24
Para aprender más	24

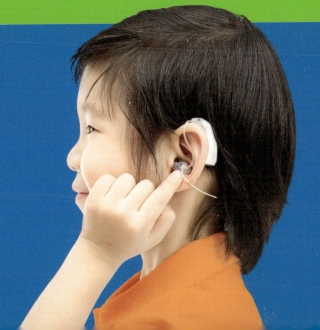

Amigos que hablan por señas

Cora es mi amiga.

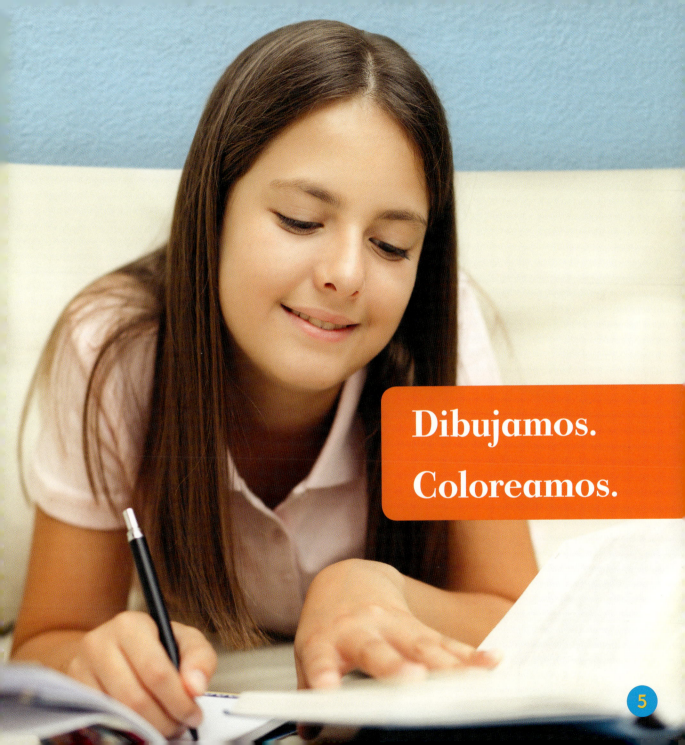

Dibujamos.

Coloreamos.

Cora es sorda.

Ella no puede oír.

Nos dice que está contenta.

¿Cómo? Ella habla por señas.

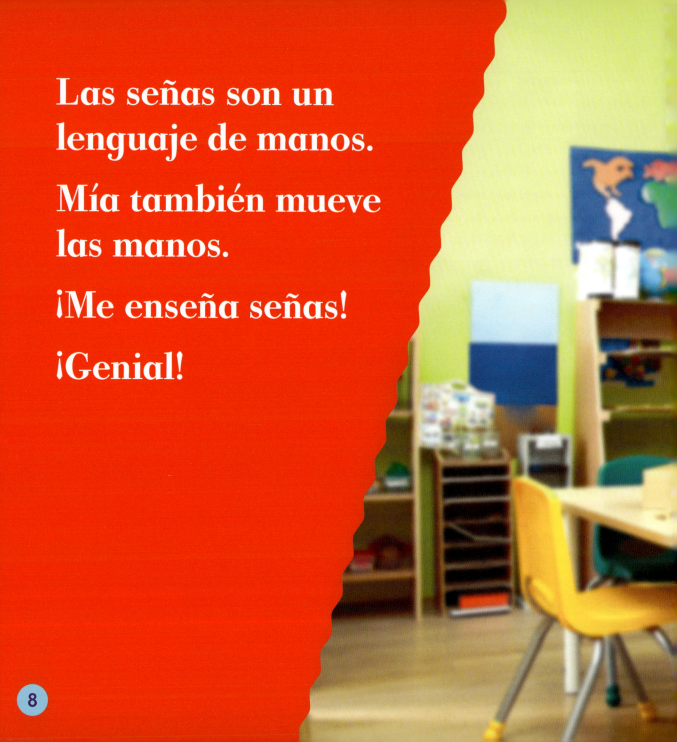

Las señas son un lenguaje de manos.

Mía también mueve las manos.

¡Me enseña señas!

¡Genial!

Mark y yo vemos televisión.

El cachorro de la chita corre.

subtítulo especial

Mark no puede escuchar.
Colocamos los subtítulos especiales.
Él los lee.

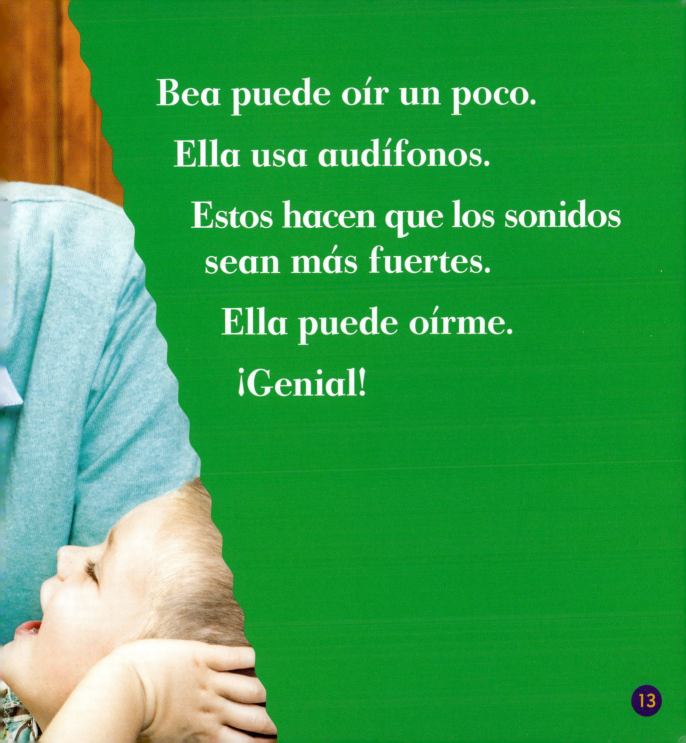

Bea puede oír un poco.
Ella usa audífonos.
Estos hacen que los sonidos sean más fuertes.
Ella puede oírme.
¡Genial!

Rex lee los labios.

Él sabe lo que Tom está diciendo.

Una terapeuta del habla ayuda a Tania.

Ella aprende a hablar con claridad.

¡Se esfuerza mucho!

¡Qué bien!

El abuelo no oye bien.

Yo hablo con claridad.
Él puede oírme.

¿Tienes algún amigo que sea sordo?

¿Sabes cómo hablar por señas?

¡Aprende a hablar con señas!

Algunas personas sordas se comunican por medio del lenguaje de señas norteamericano. Cada letra tiene su propia seña. ¿Puedes decir tu nombre por medio del lenguaje de señas? ¿Qué tal el nombre de tu amiga?

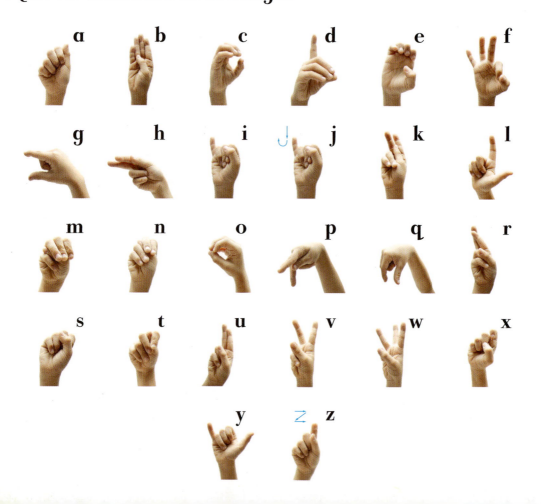

Glosario de las fotografías

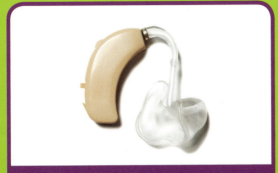

audífonos
Pequeños dispositivos que caben en o alrededor de los oídos para hacer que los sonidos sean más fuertes.

sordo
Sin poder oír o sin poder oír bien.

subtítulos especiales
Las palabras que aparecen junto con una ilustración o un video para explicar lo que la gente está diciendo.

terapeuta del habla
Una persona entrenada para ayudar a que la gente hable con más claridad.

Índice

audífonos 13
habla 17, 19
lee 11
lee los labios 14
lenguaje de manos 8
mueve 8
oír 7, 11, 13, 18, 19
señas 7, 8, 20
sonidos 13
subtítulos especiales 11
televisión 10
terapeuta del habla 17

Para aprender más

Aprender más es tan fácil como 1, 2, 3.

❶ Visite www.factsurfer.com

❷ Escriba "misamigossonsordos" en la caja de búsqueda.

❸ Haga clic en el botón "Surf" para obtener una lista de sitios web.